EL LIBRO DE LAS PALOMITAS DE MAÍZ

Tomie dePaola

EL LIBRO DE LAS PALOMITAS DE MAÍZ

HOLIDAY HOUSE NUEVA YORK

Para Florence Nesci, que me enseñó a hace
las mejores palomitas de maíz del mundo.

Los editores desean agradecer a Martha Small
(Otata'veenova'e) por su experta revisión del texto.

Spanish translation by Teresa Mlawer.

Printed and bound in September 2021 at Toppan Leefung, DongGuan, China.
www.holidayhouse.com
Second Edition
3 5 7 9 10 8 6 4 2

The Library of Congress has cataloged the prior edition as follows:
De Paola, Tomie.
[The popcorn book. Spanish]
El libro de las palomitas de maíz/Tomie de Paola;
traducido por Teresa Mlawer
p. cm.
Translation of: The popcorn book.
Summary: Presents a variety of facts about popcorn and includes two recipes.
ISBN 0-8234-1058-7.—ISBN 0-8234-1059-5 (pbk.)
Popcorn—Juvenile literatura. [1. Popcorn. 2. Spanish lanuage materials.]
I. Title. 93-18318 CIP AC TX799.D4617 1993

ISBN 978-0-8234-4720-6 (second hardcover edition)
ISBN 978-0-8234-5211-8 (second paperback edition)

… Y AHORA, UNAS PALABRAS DE NUESTRO PATROCINADOR.

SÍ, EL MAÍZ ESTÁ EN EL REFRIGERADOR.
MAMÁ, ¿PODEMOS HACER PALOMITAS DE MAÍZ?
¡QUÉ RICO!
TONY
TINY

ME PREGUNTO POR QUÉ MAMÁ GUARDA EL MAÍZ EN EL REFRIGERADOR.
NO SÉ. VOY A AVERIGUAR.
TINY

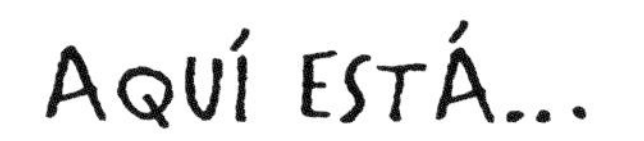

"El maíz se debe guardar dentro de un pote cerrado en el refrigerador para que los granos conserven la humedad".

OYE, ¡ESTO ES MUY INTERESANTE! ESCUCHA...

"El maíz de las palomitas es el más antiguo de los tres tipos principales de maíz que se conocen: el maíz forrajero, que se usa para alimentar animales como el ganado y los cerdos; el maíz dulce, que es el que comemos, y el maíz de las palomitas".

“Los pueblos originarios de América descubrieron las palomitas de maíz hace miles de años.

“Los aztecas les decían *momochitl* a las palomitas de maíz, y las utilizaban como alimento y para decoración. Los lucayos, antiguos habitantes de la isla que hoy conocemos como San Salvador, comían y vendían palomitas de maíz, y las utilizaban para adornarse. Antes de su llegada a América, en el siglo XV, los colonizadores españoles no conocían las palomitas de maíz”.

PRIMERO, CALIENTO LA CAZUELA.

“Pero las palomitas de maíz son más antiguas. En una cueva de murciélagos en Nuevo México los arqueólogos encontraron palomitas de maíz que tenían 5.600 años de antigüedad”.

“Y en Perú encontraron granos de palomitas de maíz de 1.000 años de antigüedad. Todavía se podía hacer palomitas con ellos”.

AHORA,
ACEITE DE COCINAR.
TINY

“Los pueblos originarios de América hacían las palomitas de maíz de diferentes maneras.

“Por ejemplo, agarraban una mazorca con un palo y la colocaban sobre el fuego.

“Para que los granos se mantuvieran adheridos después de reventar, engrasaban la mazorca. A los ho-chunk, también conocidos como winnebago, les encantaba comerse las palomitas aceitadas en la mazorca”.

“Otro método para cocinarlas era arrojando un puñado de granos al fuego.

“Las palomitas saltaban por todas partes y había que agacharse a recogerlas”.

BIEN. YA ESTÁ CALIENTE. PUEDO ECHAR ALGUNOS GRANOS DE MAÍZ.

“Los haudenosaunee, también llamados Confederación iroquesa, hacían las palomitas de maíz en ollas de barro.

“Llenaban las ollas con arena caliente, echaban los granos de maíz y los revolvían con un palo.

“Cuando las palomitas estallaban, saltaban y salían de entre la arena y era fácil recogerlas”.

“En muchos pueblos americanos tomaban sopa de palomitas de maíz”.

"Los algonquinos les ofrecieron palomitas de maíz a los colonizadores ingleses.

"A los colonizadores les gustó tanto que comenzaron a desayunar palomitas de maíz con crema de leche".

En la actualidad, los estadounidenses consumen 15 mil millones de libras de palomitas de maíz al año. ¡Eso equivale a 50 libras por persona! El 30% se consume en salas de cine, partidos de pelota y ferias, y el 70% se consume en casa".
¡ESTUPENDO! EL MAÍZ ESTÁ SALTANDO. ESO QUIERE DECIR QUE EL ACEITE ESTÁ LISTO.
TONY

"Los habitantes de la región central de Estados Unidos son quienes más palomitas de maíz consumen en el país.
"Milwaukee y Minneapolis son las ciudades donde más palomitas se consumen, seguidas por Chicago y Seattle".
AHORA ECHARÉ MÁS GRANOS DE MAÍZ A LA CAZUELA Y SUBIRÉ EL FUEGO.
P

ESTO ES LO QUE LEÍ AL PRINCIPIO.

"El maíz se debe guardar dentro de un pote cerrado en el refrigerador para que los granos conserven la humedad.

"Si los granos se secan, quedarán muchas 'solteronas' en el fondo de la cazuela. Las 'solteronas' son los granos que no abren".

PARECE QUE NO HAY SUFICIENTE MAÍZ.

"Si los granos se secan, puedes ponerle una o dos cucharadas de agua al pote y agitarlo hasta que el maíz absorba el agua".
AGITA

"El maíz se abre porque el centro del grano es húmedo y pulposo, y se encuentra rodeado por una corteza dura de almidón.

"Cuando el grano se calienta, la humedad se convierte en vapor y el centro crece hasta que la corteza revienta".

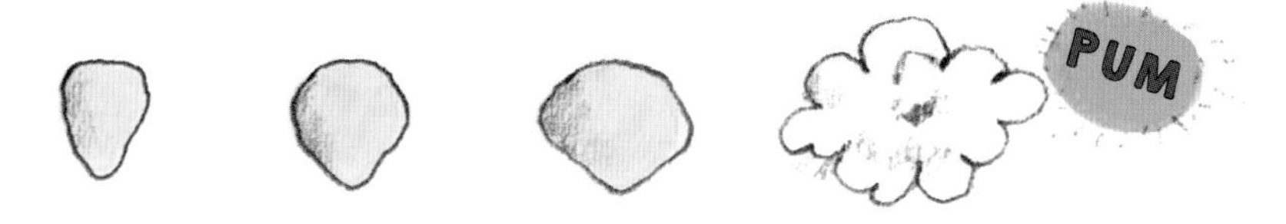

¿ESTÁS SEGURO DE QUE NO PUSISTE DEMASIADO MAÍZ EN LA CAZUELA?

"Algunas personas dicen que dentro de cada grano de palomitas de maíz vive un hombrecito que, cuando su casa se calienta, se enfada tanto que explota".

“Hay diferentes tipos de maíz de palomitas: El de granos blancos y amarillos es el que se vende en casi todos los comercios.
“El más pequeño de todos se conoce como ‘fresa’ porque sus granos son rojos y las mazorcas parecen fresas.
“El ‘arco iris’ tiene granos rojos, blancos, amarillos y azules. También le dicen ‘calicó’.
“También hay granos negros, pero cuando se abren son de color blanco.
“Los granos más grandes se conocen como ‘dinamita’ o ‘copo de nieve’”.
AGITA, AGITA, ¡AGITA!

"A mucha gente le gusta ponerles mantequilla derretida y sal a las palomitas de maíz.

"Si pones sal en la sartén antes de que se abran los granos, las palomitas quedan duras".

“Hay muchos cuentos sobre las palomitas de maíz. Uno de los más divertidos y populares proviene de la región central de Estados Unidos.

“Un verano hizo tanto calor y sequía que todo el maíz de los campos comenzó a reventar.

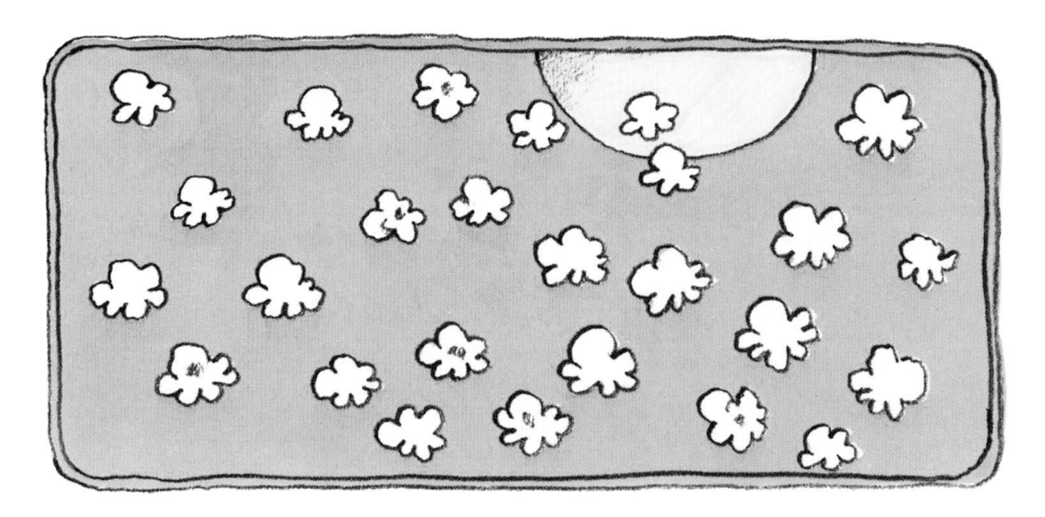

“En un abrir y cerrar de ojos el cielo se llenó de palomitas de maíz”.

"Parecía una ventisca, y todo el mundo se puso sus mitones y bufandas y sacó las palas de nieve".

¡AUXILIO! ¡AQUÍ TAMBIÉN HAY UNA VENTISCA!
YA SABÍA YO QUE HABÍAS PUESTO DEMASIADOS GRANOS EN LA CAZUELA.

PUES, YA QUE ERES TAN INTELIGENTE, DIME QUÉ HACEMOS AHORA.
YO SÉ...

"LO MEJOR DE LAS PALOMITAS DE MAÍZ ES

... ¡COMÉRSELAS!

DOS FORMAS DELICIOSAS DE HACER PALOMITAS DE MAÍZ

(hazlas con ayuda de un adulto)

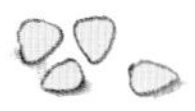

PARA TODOS LOS DÍAS

1. Pon a calentar una cazuela gruesa de tamaño mediano (con tapa) a fuego alto durante 2 minutos.
2. Vierte en la cazuela aproximadamente ¼ de taza de aceite de cocinar, para cubrir el fondo.
3. Baja el fuego a medio-alto.
4. Coloca en la cazuela 3 o 4 granos de maíz.
5. Cuando estallen, cubre el fondo de la cazuela con granos maíz. (No añadas más de ½ taza).
6. Baja el fuego, tapa la sartén y muévela.
7. Cuando el maíz deje de estallar, sirve las palomitas en una fuente honda. Añade mantequilla derretida y sal.
8. ¡Listo!

PARA LOS VIERNES POR LA NOCHE

Receta de Florence Nesci

1. Coloca un poco de manteca vegetal (tipo Crisco) en una sartén grande con tapa.
2. Pon a calentar a fuego lento.
3. Cubre el fondo de la sartén con granos de maíz. La manteca debe cubrir el maíz; añade más si es necesario.
4. Revuelve constantemente hasta que salten 1 o 2 granos. (Los granos se hincharán y se pondrán suaves).
5. Tapa la sartén, sube el fuego y muévela muy rápido hasta que todo el maíz haya reventado.
6. Sirve las palomitas en una fuente honda y ponles sal. No es necesario agregar mantequilla.
7. ¡Buen provecho!

FUENTES Y RECURSOS

INTERNET

Museo Nacional del Indio Americano
www.nmai.si.edu

Popcorn: A Pop History
www.pbs.org/food/the-history-kitchen/popcorn-history

The Popcorn Board
www.popcorn.org

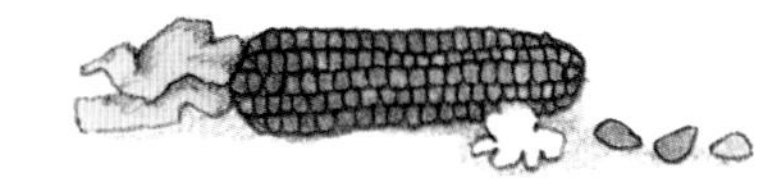

United States Department of Agriculture: Corn and other Feed Grains
www.ers.usda.gov/topics/crops/corn/background.aspx

LIBROS

Native American Food Plants: An Ethnobotanical Dictionary, de Daniel Moerman (Portland: Timber Press, 2010).